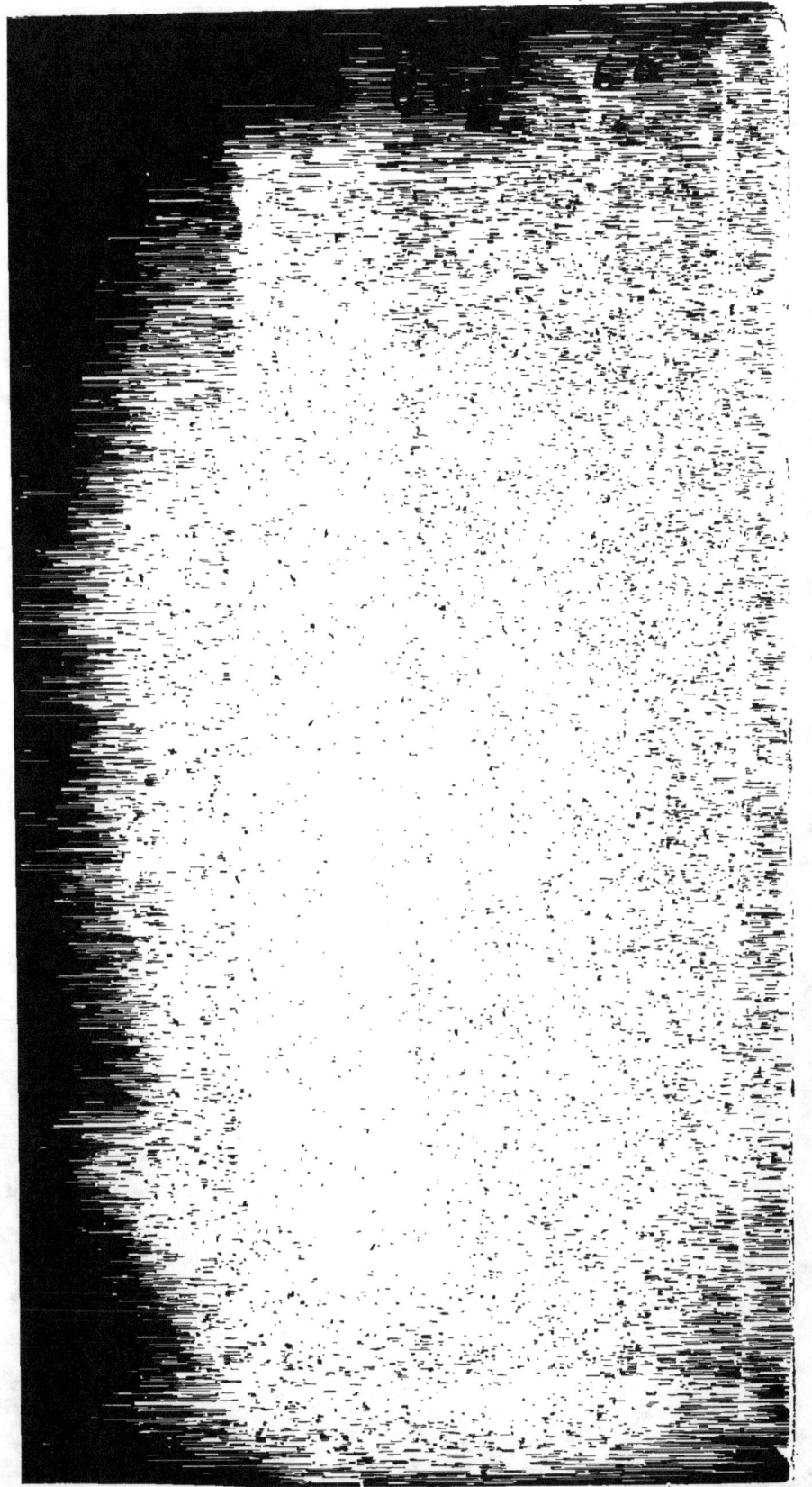

HARANGVE
AV ROY

POUR

L'ACADEMIE

FRANCOISE.

Le 25. Juillet 1676.

HARANGVE AU ROY

POVR L'ACADEMIE Françoise.

Le 25. Iuillet 1676. l'Academie Françoise s'estant renduë à Versailles, & ayant esté introduite auprés de SA MAJESTE' en la maniere accoûtumée, Paul Pelliston Fontanier *Conseiller du Roy en ses Conseils, Maistre des Requestes ordinaire de son Hostel, alors Directeur de cette Compagnie,* a dit :

IRE,

Cette joye generale & publique du Retour & des Conquê-

tes de VOSTRE MAJESTE',
ne peut esclater ailleurs, ni plus
vivement, ni plus justement,
que dans l'Academie Françoise.
Quand chacun revoid avec vn
nouveau plaisir vn tres - grand
Roy, vn tres - bon Maistre, nous
ajoûtons par dessus les autres,
vn Protecteur tres - auguste, qui
n'a daigné prendre ce titre que
pour nous. S'ils goustent esga-
lement le repos qu'on doit à ses
travaux heroïques, nous joi-
gnons celuy des Muses à celuy
de l'Etat. Si parmy tant d'autres
biens, la Gloire immortelle de
VOSTRE MAIESTE' qui ho-
nore son Royaume & son sie-
cle, touche principalement les
esprits, elle ne se respand pas
seulement sur nous comme sur
tous les François, elle est pro-
prement nostre partage, l'objet
de nos veilles, l'esperance de
nostre Gloire méme, & de cette IMMORTALITE' que nous
cherchons par nos escrits. Que
nous serions heureux, SIRE,

A l'im-
morta-
lité.
est la

ſi dans ces communs devoirs nos _{deviſe} expreſſions nous diſtinguoient _{de l'A-} autant que nos ſentimens! Mais _{cademie.}

c'eſt le propre de la grande admiration & de toutes les paſſions violentes , de donner la voix aux muets , & de rendre l'Eloquence muette. Le Peuple, juſqu'au plus bas , juſqu'à celuy qu'on prendroit pour inſenſible, parle en ces occaſions d'une maniere ſi naturelle & ſi vive, que nulle eſtude ne la ſçauroit imiter ; Ces Compagnies illuſtres, oracles de la juſtice, qui ſembloient ne ſe devoir expliquer que par des Arreſts, deviennent pour VOSTRE MA-IESTE' fertiles en riches & brillans Panegyriques; L'Academie aprés avoir cultivé avec tant de peine l'Art de bien parler , n'a point de paroles en vn ſujet ſi ample, preſque reduite à honorer par ſa confuſion & par ſon ſilence, ce qu'elle ne peut ni relever ni égaler par ſes diſcours. Peut-eſtre qu'vne ſi vive lumiere éblouït davantage ceux qui comme nous n'en deftournent jamais leurs regards. Peut-eftre que devant efgalement le tribut de nos loüanges à toutes les grandes Actions de VOSTRE MAIETTE', à peine nous arreftons-nous fur l'vne que toutes les autres nous rappellent, & rendent nos efforts inutiles pour eftre trop partagez. En effet, SIRE, que laiffer & que choifir dans cette abondance de matiere, & cette courte eftenduë de travail ? Il eft vray qu'on nommera deformais CONDE' & BOVCHAIN parmy les premieres Places du monde, par les circonftances & par les fuites de leur conquefte. Il eft vray que nous aurons éternellement devant les yeux la juftelle du projet furpafsée par celle de l'execution; l'armée ennemie deux fois accouruë, non pas au fecours mais au fpectacle; vaincuë fans avoir méme l'honneur de combattre; contente d'admirer vn Roy, ſoit qu'il ſe preſente, ſoit qu'il ſe retire en Bataille, toûjours également maiſtre de luy - méme, des ſiens, & des Ennemis, & dont le cœur magnanime compte pour le premier fruit d'vne ſi belle victoire, de pouvoir ſe rendre plus facile à la Paix. Il eſt vray enfin qu'on penſe & qu'on ſent encore, en parlant à VOSTRE MA-IESTE', tout ce qu'on penſoit, tout ce qu'on ſentoit auprés d'Elle en ce beau jour, lors que la voyant ſi libre dans vn peril ſi proche, on condamnoit vn moment avec tout l'Eſtat les mouvemens trop genereux de ſon courage, vn moment aprés on les loüoit, on les admiroit, on les ſuivoit, on ſe tenoit aſſuré de vaincre avec Elle. Mais, SIRE, pour celebrer tant de grandes choſes, faudroit - il oublier celles que la Poſterité n'oubliera jamais ? Le memorable Paſſage du Rhin, la méme journée deux ans aprés revenuë auſſi

Le Roy ſe relaſcha auſſitoſt aprés ſur les préliminaires.

triomphante à Bezançon ; La
Franche-Comté prife, renduë,
reprife, toûjours avec plus d'é-
clat ; Les maximes de la Guerre changées ; L'Art inoüy, juf-
qu'à VOSTRE MAIESTE',
d'attaquer & d'emporter prefque en méme temps les Places
les plus grandes & les plus for-
tes ; Le torrent de fes premieres
conqueftes de Flandre & de Hollande, & toute l'Europe liguée
contre Elle, mais jufques icy
pour faire trouver feulement à
fes Armes invincibles avec beaucoup plus de refiftance, beaucoup plus d'honneur.

En feroit-ce affez, & cache-
rions-nous dans ce Tableau le
débris, encore fumant, des flot-
tes d'Efpagne & de Hollande
jointes enfemble, & l'infortune
du plus fameux de leurs Capitai-
nes digne en fa mort d'eftre ho-
noré des éloges & des genereux
regrets de VOSTRE MA-
IESTE', Voudroit-Elle qu'on
luy dérobaft en cette feule Cam-

pagne trois combats fur mer, qu'on peut dire qu'Elle a gagnez Elle-méme, Elle qui n'a pas feulement relevé & rétably, mais prefque tiré de rien les forces navales des François, comme pour faire revivre en nos jours toute la magnanimité des * Romains, lors que n'ayant encore ny flotte ny experience de la navigation, inftruits, & excitez tout enfemble par vn feul vaiffeau de guerre que la fortune fit échoüer fur leurs coftes, ils entreprirent de difputer à Carthage & à toute l'Afrique l'empire de la mer qu'ils luy enleverent bien - toft aprés ? Avec tous ces traits combien s'en faudroit-il, S I R E, que le Tableau ne fuft achevé , fi nous ne voulions comme peintres mal-habiles ny reprefenter

---

* *Polyb. liv.* I. *fect.* 20. ἐξ ὧν καὶ μάλιστα σύνιδοι τῆς ἂν τὸ μεγαλόψυχον, καὶ προβολον, τῆς Ῥωμαίων αἱρέσεως, *&c.*

On peut juger par là autant que par chofe du monde, de quelle magnanimité & de quelle audaces les Romains faifoient profeffion, *&c.*

Cette action luy a femblé fi grande, qu'elle l'a obligé feule, comme il dit, à écrire beaucoup plus exactement & plus amplement qu'il n'auroit fait, tout ce qui la precede.

que du lointain, au lieu d'y faire regner & d'y toucher principalement les objets les plus pro-
ches ? Nous ne le fçavons,
SIRE, on reverera long-temps,
aprés non toutes les traces de
LOVIS LE GRAND : on
fuivra, non feulement fur la Car-
te & dans l'Hiftoire, mais fur les
lieux mémes, fes marches, fes
campemens, & les miferables
cabanes qu'il a voulu habiter ;
Mais on ne le trouvera pas moins
grand au milieu de fes Eftats, &
dans fes Palais magnifiques. Icy
fous vn air ferein & tranquille il
formoit ces foudres dont le bruit
a retenty par tout le monde, &
ceux qui grondent encore furle
point d'éclater ; Il préparoit
pour des fins que l'on croyoit
impoffibles, les moyens efgalement fages & cachez, efgalement furprenans au commence-
ment de chaque Campagne ? Il
interrompoit fes plaifirs pour ef-
crire de fa main propre l'ordre
& la fuite de ce qu'il devoit exe-

cuter ; Il choififfoit, il marquoit
les poftes qu'il alloit occuper en
Flandre , plus fçavant que fes
Ennemis mémes dans leur propre païs. Icy par vn miracle en
vain attendu , en vain deman-
dé au Ciel fous nos plus grands
Rois durant tant de fiecles , il
reduifoit fa Nobleffe à ne plus
combattre que pour luy , à
ne plus connoiftre de faux honneur ny de valeur criminel-
le. Icy rien ne fe faifoit que par
fes ordres ; & quatre vaftes abyf-
mes , le détail des Troupes, des
Finances, des Affaires étrange-
res , du dedans du Royaume,
n'occupoient qu'vne partie de
fon efprit , pendant que fes Loix
(fes Loix en effet , non feulement pour porter fon Nom,
mais parce qu'il les faifoit luy-
méme) redreffoient l'Eftat, &
que fa regularité dans tous fes
devoirs , plus que la peine , plus
que la recompenfe , nous enfei-
gnoit à remplir les noftres. Icy
il écoutoit tout le monde , toû-

jours preſt, toûjours attentif, &
decidoit , plein d'équité comme de lumiere, tantoſt ſeul, tantoſt au milieu des plus Sages,
mais toûjours avec leur admiration , les differends des particu-
liers, pendant que ſa Magnanimité toûjours meſlée de la méme juſtice , nourriſſoit les Arts,
diſtinguoit le merite, redoubloit
le prix des biens & des honneurs
par la maniere de les donner. Icy
il ſçavoit pardonner nos fautes,
ſupporter nos foibleſſes, deſcen-
dre du plus haut de ſa Gloire
dans nos moindres intereſts ,
tout à ſes peuples, General, Le-
giſlateur, Iuge, Maiſtre, Bien-
faiĉteur, Pere, c'eſt à dire verita-
blement Roy.

Nos Eloges, SIRE, ſeroient
toûjours au deſſous de VOS-
TRE MAIESTE', comme
nos Remercimens tres-humbles
au deſſous de ſes Bien-faits. Que
le Ciel qui nous l'a donnée pren-
ne ſoin de nous acquitter envers
Elle ; Qu'il répende ſur ſa per-

sonne sacré autant de graces qu'Elle en répand sur nous ; Qu'il abrege nos jours pour en ajoûter aux siens, & pour rendre son Regne aussi long qu'il est glorieux. Nous ne pouvons faire de plus grands souhaits, ny pour VOSTRE MAIESTE', ny pour nous-mesmes.

F I N.